KB110657

인문의숲 시인선

한 점
별이 되어

인문의숲 시인선

한 점 별이 되어

박 연 시집

인문의 숲

코로나19 질병으로

몸살을 앓고 있는 시기 속에서도

싯귀 한 줄에

보시는 이의 마음에

평안과 한 번의 미소에

작은 희망이 전하여지기를 기도드립니다.

감사합니다.

2022년 7월 25일

박 연

■ **차 례**

시인의 말 _ 5

1부 : 바위 등에 핀 꽃

2부 : 눈 내린 날에 초상화

3부 : 아가의 노래

4부 : 만남을 가지다

1부

바위 등에 핀 꽃(이끼)

바위 등에 핀 꽃 (이끼)

편하지 않을 터인데
거친 몸에 사랑 살이 생을 두누나

무슨 억겁의 한이라
차가운 물매 맞으며 살아가려누

그래도 단 한 번 화가 없구나
늘 푸른 생을 거두어 주고도

다시 살아나
기나긴 생명으로 외길의 집념으로

다시 보리라 너를 만나는 날
부드러운 손길로 다녀가리라

인기척에 뛰는 가슴도 아니 보이는
다만 저 파도가 말해주누나

바람

내가 왔노라

문을 두드려 기척
그냥 지나기 싫어서인지
오싹한 소름 가득 넘겨주며
너를 알리고 싶은가 보다

고작 줄 것이 소름이면서
기뻐하는 소행은 어인
책임을 다한 자랑스러움의
신호탄

순간의 반응
이젠 사라진 고요
짧은 안목
찰나가 그립다

무궁화

튼실한 수술을 달고
너를 보호하려
두꺼운 옷을 겹겹이
포개어 입고도

날아든 벌에게
모든 것을 내어준다

고작 1년 피어난 꽃송이
가는 날엔 볼품없는
옷 한 벌이 다 이거늘

굳건한 믿음을 주고
겨레에 얼을 살리며
조국에 충성했던 뿌리 깊은 사명은
한 인간의 삶 속에도 흘러들어 피를 뜨겁게 만드는구나

그리움이 내 것이 될 때

한층 넓어진 마음이
그대 앞에 조아려 앉는 것은

시린 발이 뒤엉켜
사소한 소갈머리로 일 분의 잡담은

뿌연 점박이 때 낀 유리문의
밀려간 영상

나는 그것을 나쁘다 하지 말자
나는 그것을 틀렸다 하지 말자

노란 장미

우리 어디서 만난 적 있나요
당신 눈빛이 참 따뜻해요

당신 얼굴이 웃고 있는 거 알아요
나를 오라 말하고 있는 것도 아나요

저 하늘에 달 아니에요
저 하늘에 별도 아니에요

지금 당신 얼굴이 환하게 빛나고 있어요
일상의 피곤한 일들이 환한 빛 속으로 사라져 버렸어요

나는 아이처럼 쪼그리고 앉아서
당신 얼굴에 행복한 것만 알아요

오늘은 우는 법도 잊어버렸어요
당신 눈 속에 반짝거리는 사랑만 알아요

기억할게요

당신이 만들어 놓은 오늘로만 살려고요

내일의 시간이 다시 와도
그때 우리 오늘로만 만나요

사랑하는 그대여
안녕 안녕

눈을 감아요

흐린 날 우울한 나를 버리려면
살며시 눈을 감아 보아요

시리도록 추운 밤이 싫어지면
가만히 누워서 눈을 감아 보세요

오랜 시간 마시던 차가 지루해지면
그럴 때도 눈을 감도록 해 보시고요

너무도 조용한 밤이 외로워지면
그때도 눈을 감아 주세요

그리고 손을 내밀어요
느껴지시나요

방금 내가 당신의 손을 꼭 잡았답니다
알고 계셨나요

아무 걱정 말아요

당신이 힘들 때면

언제든지 눈을 꼭 감고 손을 내밀면
이렇게 내가 와서 두 손을 꼭 잡아줄게요

이방인

푸른 신호등에
길을 건너다

이중생활의
탈바꿈

비로소 주인이 되는
너의 집에 발을 들인다

헛기침이 새어 나간
공연장

춤추는 피에로

간(間)에

아니도 간다던 길은
이제 더 차서도 차서도 못 가오

더딘 걸음 야속타
몰아세운 뒤안길은 물러설 곳도 없소

숨찬 길이 무에 좋아
급히도 내 둘러 간단 말이오

여보시오 김 서방네
나 좀 돌아보시구려

쌓인 빚이 눈덩이라
쉬이 불어날라 노심초사 아닐지면

예 걸터 숨은살이나 풀어보소
내일 날에 볼일이 걱정치 않아 속내나 털고 가소

구름도 멀어 멀어 떠갈 길에

매일 것이 없을진데

여보시오 김 서방네
다시 아니 올 길에
예서나 잠시 쉬어 가시구려

* 숨은살이는 보이지 않는 삶을 표현하였다.

달

떴다 떴다
요놈의 달 좀 보소

뽀얀 것은 여인네 속살을 닮아
가슴을 태우고

둥근 것은 여인네 가슴을 닮아
이 밤을 태우는구려

끌어안아 멀찌감치 내 것이 못되고
보자니 고것이 휘영청 밝아

이불자락 화근으로
발 끝에 내쫓기고

핏발 선 안구는
오늘도 귀양살이 죄인일세

바보상자

야단일세 저놈의 속
오늘은 또 무슨 일

에허라 편찮은 길
피멍이 첫날일세

세상에 차고 넘치는 빛깔은
저놈 속에서 걸러 가나보오

무슨 뜻에 대박을 꿈꾸었길래
오는 복이 걸러 갈꼬

세상도 한밤은 잠을 잘 터
쉴 때는 쉬어가고

부진하면 더디 가오
급한 길 자처해 남은 것은 피멍만 늘어갈 뿐

우리집 강아지 코고는 소리

탱크가 한 대 지나갔어요
깜짝 놀라 깨었어요

새끼 강아지와 장난 놀아요
웃음이 나왔어요

살아실제 내 할머니 주무시던 소리
꿈인가 생시인가 돌아봤어요

홀아비 자는 소리
분명 똑같을 거예요

우리 집 강아지 코 고는 소리는
다양한 하모니로 구성되어 있어요

시린 발을 드리우며

세상사 깊은 시름
움푹 파인 발자국 하나 남길 때

그대여 어서 오라
손을 내밀어 보옵소서

시린 귀가 벌게지어
두 손도 아니 만져지면

가엾은 아낙네야
예 쉬어가라 불러 보옵소서

적잖이 이는 바람은
몹시도 차더이다

그대여 따뜻한 눈빛을 보내시어
잠시 들어가라 일러 보옵소서

꽃잎 (2)

뜨겁던 커피가 식어갑니다
그대 말 없음에
그대 멈춰 선 눈길에

조용하라 두 손은 행할 것이 없고요
무거운 한숨에 물음표는 힘겨워
마침표조차도 굳어 버렸습니다

무엇을 기다리십니까
식어간 커피가 남겨 줄 말
아니면 달아난 시간이 남겨 놓은 말

그대가 아니 한 말
그대가 하지 아니하면
그 말은 그 어디에도 없습니다

지금 해 보세요
내가 일어서기 전에
이러하였노라구요

2부

눈 내린 날에 초상화

꽃잎 (3)

그 마음 여기에
새긴 듯 흘린 듯
내려놓아 보옵소서

고요함에
정들지 마옵시고
허락지 마옵시고

곱다란 눈길에
가로저을 정일랑
묶어 두옵시고

가벼운 마음 하나만
내 것이라
두고 가옵소서

꽃잎 (4)

아름다움이었어요
한 장에 묻어 둔 숨결

이 밤에 잠들 수 없는
아니 이 새벽을 지킬 수 있는

내 영혼의 하얀 그림자
춤추는 선율은 백옥의 저주

탓할 수 있는 것은
까만 밤일 뿐

숨 쉬고 있는
내 가슴일 뿐입니다

모모

적적한 소매깃이 헐렁하여
술렁이는 손끝은 멀리도 못 갈 터

쓸어 간 바람이 시원만 하였던고
어찌 내디딘 발걸음이 가볍기만 하였을고

속없는 구름은 손에도 아니 잡혀가고
그렇다 하여 없지 아니한 속이 구름일 터

가는 곳을 따라가리
머무른다 하여 자리가 있어 함께 하리

바람도 구름도 내친걸음도
저 좋아 가는 길로 가야만 하였으리

시골길 (1)

훼방하는 구름의 콧방귀에
울먹거리며 터져 나오는 빗줄기는

알알이 달라붙는 군더더기
젖내 나는 그리움을 토해내고

그해 가을에 시작된
첫사랑 연정 같은 것

자박자박 걸어가던 또랑길
살랑살랑 일어 간 치맛바람 어린 것이

장딴지에 묻어간 흙물에 물끄러미
제 할 말을 잃어 먹었다

생각이 없다
갈 길이 멀어

박하사탕

복사꽃 피어나던
시절을 머금고

뒷집 돌담 벽에
목을 기대던

눈감은 그리움이
녹아들었습니다

슬며시 퍼지는
사랑의 무지개 꽃

알쏭달쏭
다리를 건너갈 때

나도 너처럼
진한 향으로 번져갔다

한 점 별이 되어

소유되지 아니한 세상 속에서
한 점 빛나는 별이 되고 싶다

높은 하늘 따뜻한 별이 되어
힘들게 살아가는 세상 누군가의 얼굴에

환하게 비추어 주고 싶다
희망이 되어 주고 싶다

결코 될 수 없다 한들
되어 보고 싶다 바램한다

편안한 얼굴로
행복한 얼굴로

큰 숨 들이쉬어
힘찬 발걸음 딛고 가는 삶이 되게

저 하늘에 빛나는

한 점 별이 되고 싶다

역

우리도 한 번쯤 떠나볼까요
그대와 내가 함께 한 눈길만 따라서

아무것도 묻지 않으면 어떤가요
아는 것이 없다 한들 어떤가요

중요한 것은 이 시간 우리가
같이 할 수 있다는 것이 아닐까요

귀한 시간을 함께했다는 것
소중한 의미를 만들었다는 것

그거면 충분하지 않을까요
다음에 우리 다시 만날 곳이 있다는 것

따뜻한 우동을 같이 먹을 수 있고
자판 커피 한잔에 웃을 수 있고

아이스크림을 하나씩 사 들고

까먹을 수 있다면

더 이상의 이유는 필요치 않을 것 같아요
기적이 울려옵니다

기차가 오고 있다고요
이젠 떠나보려고요

중요한 건

색깔이 같은가요
내용이 비슷한가요

그러면 어떤가요
중요한 건 지금 우리가 하고 있다는 것

할 수 있다는 것이겠지요
망설이고 계신 것이 있나요

무엇을 망설이시나요
준비해보세요

시작해보세요
아무것도 두려워 말아요

중요한 것은
지금 당신께서 할 수 있다는 것입니다

할 수 있다면

해야 한다는 것입니다

지금 못하면
당신께서는 영원히 못 하게 될지 모릅니다

소중한 이 시간
추락하는 당신의 모습을 보고 싶지 않다면

자 시작하세요
바로 지금요

눈 내린 날에 초상화

어린 놈 고얀 놈
고놈의 행동거지가 참 귀엽다

배고픈 나를 달래고
쓰린 속을 위로한다

가슴 시원한 맛
코끝 아린 맛에 동요되어

헐값에 내 마음을 팔았다
몹쓸 맛 매연이 울었다

반짝반짝 내리치던 햇살이
반나절 내 눈을 감기었고

안타까워라 사랑스러운
그 시간이 짧았어라

귤

한쪽 눈을 감고
그대를 불러요

양쪽 눈을 감으면
그대가 보여요

톡 터지는 상큼함
그대의 모습이랍니다

눈을 떠요
몰래 두고 간

내 앞에 흰 핏줄기
그대 꽃다운 상처

사랑인가요
마음인가요

장작불

엉덩이 들썩들썩
구들방이 뜨거워

이불을 발로 차던
아이가 보입니다

벌겋게 달아오른
두 볼이 예쁘기로

춘향이 얼굴이
아이만 하였을까요

뉘 집 어미가 품에 안았던
제 새끼만 하였을까요

따닥따닥 도심가에
타오르는 장작불이

무심하던 내 눈길을 자극하여

작은 시골의 풍경 하나를 그렸습니다

봄 (3)

머릿결이 움직인다
조금 자유롭게

외투의 단추를 건드려본다
호흡을 준다

무거운 어깨를 조심스레 내려보고
한 번쯤 웃기도 한다

슬며시 고개가 돌아가기도 한다
풀려나가는 긴장감 하나

아직은 알싸한 공기에
손을 비벼본다

봄 (4)

한적한 길가에
소름 돋는 태생이 있다

반기는 이 오래이거늘
그 얼굴은 어찌도 솜털인지

보드라움, 때 지난
님의 미소를 닮았다

뿌옇게 내려앉는
먼지의 미안스러움을

곱게도 껴안고
노랑물 감추는 햇살을 동무한다.

봄 (5)

아니 가리오
아니도 못 가리오

품 안에 넣어
달래울 제 엊그제

눈 시려웁고
귀 가려워 이제 가라하오

편한 자리
쉬 돌아누워

볼 것 없고
알 것 없다시어

끝도 아니 보이는
머나먼 길을

가라 가라

빨리도 떠나보내시려는구려

봄 (6)

논밭이 고하노니
봄을 고하노니

마른 뼈 드러낸
아픔을 말린다 하였다

찬 서릿발 이겨낸
얼음에 고통을 말고

밤바람 비명은
몸서리치던

하얀 겨울
그 하얗다 말하던 겨울이

마른 뼈대
가시나무를 남기고

간다 간다

이제는 아니 볼 새

끝자락 파도의 몸부림을 남기며
간다 간다 짧은 안부

가녀린 햇살에 떠넘기고
사라져가네

봄 (7)

안녕하십니까
낯선 인사가 다가온다

신상명세서
외면으로 꾸미고

의문점 하나
머리의 숙제로 주고

눈을 감는다
독백의 친근한 인사를 해야 한다

정성을 다해가는 몸짓을
눈감은 내 안으로 모시려한다

살아갈 그 날이
몇 날에 그칠세라

어여삐 내 안에

정성된 태도로 모셔두려 한다

3부

아가의 노래

봄의 이중주

봄이 오면
늦장을 부리는 들판의 하품 소리에
엉덩이 비벼 깔고 그대를 불러

도란도란 주고받을
이야기 하나를 만들어보려 합니다

봄이 오면
덩치 큰 창문의 세상 밖을 내다보며
나의 그림 속 주인공을 그려보려 합니다

해처럼 웃으며
달처럼 미소 지으며
비처럼 그림자로 가슴에 들어와

멍한 눈빛을 채워줄
그대를 기다려보려 합니다

길바닥에 부러진 가지를 건드리며

가진 시선으로 새로운 아픔을 남겨준
나는 나쁜 여자랍니다

꽃향기

빨강 노랑 자작자작
나는 듯 피는 듯

고개는 사방을 둘러가고
발걸음 어우러진 도로 위

샘나는 찰떡궁합
꽃씨 날리던 민들레가

새 보금자리를 잡고
이내 길을 나섰다

눈 시려우면
님이 웃었을까

눈웃음 다가서면
님이   아왔을까

설레는 가슴은

직선을 둔다

짝사랑 연서

더운 날 땀나는 애쓰임에
숙연한 쑥 향이 그립다

손바닥만큼 자라나
넓은 세상 한 뼘에 덮고

시간적 가치를 잃은
그 솜털 아름다움에

목멘 먼지 울음으로 뒤덮고도
굳이 웃는 어른스러움에

편안치 못했던 내 마음은
눈물이 났다

~ 에서

새우잠
그 위를 나는 걸었네

노파의 숨소리
어깨춤이 사라진 유월의 아침

멋쩍은 인상이
선을 보인다

구두쇠의 밥 한술이
노파를 잠에서 일으킬 때

한층 두께를 열고
나는 다시 걷는다

동경

닭장 안에서 병원 놀이하던
계집아이가 그립다

짚 무더기 쌓아 올린 헛간에서
소리 지르던 계집아이

그날의 무화과는 누구를 위해
속을 보이며 익어갔는지

단내가 온 동네를 풍기며
제 몸을 버렸다

우리 집 건너편에
참 멋없는 무화과나무 한그루가 서 있다

달 밝은 밤에 (2)

달이 웃네
달이 웃네

방금 내가 본
달이 웃네

눈썹을 곱게 단장하고
입술을 꽃같이 다물며

달이 웃네
달이 웃네

 달 속에 그녀가 숨었네
분 바르고 치장하던

스무 살 그녀가
손등에 수줍은 애교를 감추며

작은 가슴 내보일까

달 속에 숨었네

아스팔트 위로 비는 내리고

회색의 등짝이 붉어서
들고 일어난다

매캐한 트림
엉망의 화음

구부린 허리를 펴지도 못하고
조상의 업을 받아들인다

동요한다
시원찮은 가슴 위로
비가 내린다

밤 12시 5분

뚜벅뚜벅
기체의 순환
투박한 종이 울린다

무덤덤한 장의 변화
대기의 뚜껑을 열어 보나
한 치 나아감은 그대로였다

별과 달의 산책로에
신호음은 이미 예전의 이탈
그녀의 싱그러움도 사라졌다

내 눈 가까이 들이친
때 이른 소음을 걷어내며
12시 5분 전을 잠재우려 한다

삶의 현장에서

침묵을 앓았던 땀방울이
마침내 익어 버렸다

알토랑 밤 맛의 진절머리 정주기는
어디로 어디로

혼자 살 수 없는 주범
세상 살아내기에 함께 하는 소리들

잠적한 뒤를 따라
내 발이 조심스럽게 뒤적거린다

모두 찾았거늘
물소리 기계 소리

이만큼이 내 것이었다

청자의 장바구니

도심 속 텃밭,
아니다

스티로폼 바구니에
손 다듬질도 아니다

얼기설기 뭉텅이
모여든 흙밭도 아니다

빌딩 사이 조명
커다란 나무 곁에

간신히 몇 개 야채
고추 가지 상추

그 포즈가 각양각색의
피카소

한 줌의 거름도

소화해 낸 미생물의

흩트림조차 텅 빈
땅 쪼가리에서

가지는 애벌레 형상
고추는 소말리아 태생

상추는 이내 굽은 허리로
세상을 직면하였다

생태계 법칙을 올바르게 따르고 있는
형편없는 순수 자연혈통의 모습

하여 신선함은
놀라운 충격이었다

미소가 파열되고
움직일 수 없는 내 걸음은

서둘러 핸드폰 플래시를
터뜨렸다

간만에

조급한 소리에
조급한 울림에

때로 무심히 흐른
조각달을 찾으며

걸음을 좁히어
다가서는 심량을 어루달랩니다

그리하여서 평온함이 청하오면
소인네의 집이 예인가 하여

밤바람에 고해 보려고요
되었구나 반사의 흐름을 느끼게 되오면

조용히 발을 뻗고
쉬어가 보려고요

아가의 노래 (1)

아가야 아가야
방실 아가야
너 웃는 소리에 내 박이 터지고
너 자는 소리에 내 박이 커간다

오래전 오겠다던 약속에
손꼽아 기다린 날은
화려한 봄날에 꽃봉오리가 만발하게 피어나도
무르익는 오월에 정취가 녹음을 불러와도

황토흙 담벼락에
호박 넝쿨이 늘어져 갈라진 어미 손을 닮아가는
가칠해진 잎사귀는 그래도 좋다 하여
얼싸안은 호박에 몸집을 불려가건만
내 아기는 이 봄에도 기웃거림이 없다

오는 길이 더딘 건지
길가에 핀 꽃에 한눈을 파는 건지
시냇가에 발 담그고 졸고 있는지

새들 노랫소리에 어미가 부르는 소리는 들리지 아니한지

멀어 멀어 오는 길에 지쳐버린 건지
아가는 어미는 서로의 모습을 본 적이 없어
사랑이라 애태워도 그릴 것이 없고
보고파 그리워도 마중 나온 것 휑한 바람이 전부로다

한여름 솔바람이 손끝에 시리고
한겨울 시린 한파에 아리고 매워서
그것도 사랑이라 애쓴 가르침에 흔적이 남아
홀로 내린 눈물도 훔쳐 가누나

아가야 사랑하는 내 아가야
다음 생에 다음 생에 우리가 어미로 새끼로
다시 만날 날이 오거들랑
그때 우리는 질기디질긴 칡뿌리로 엉켜서

너는 나를 휘어 감고 나는 너를 꼬아 말아
캐내고 캐내어 누군가의 진땀이 눈 속에 흘러들어

아리고 아려 그 야속함이 뼛속에 전해져도

아가 사랑은 어미 사랑은 어떠한 죄에도 붙일 것이 없으
리니

아가야 사랑하는 내 아가야

오늘 밤 꿈속에 단 한 번 다녀와서

밤하늘 달도 훤히 뜨지 못하도록

깊게 깊게 오래도록 잠들다 가려무나

내 아가야

아가의 노래 (2)

허역새야 허역새야
나하고 놀자 하니

뒤 아니 돌아보는
너는 무엇인고

뜨겁던 살점에
세상 나기 아가는

에허라 날고 날아
하루해를 살더니만

지고 진 허역새 날개에 앉아
어미도 모를 세상을 따라갔네

* 허역새는 하얀새를 제가 달리 표현해 본 것입니다.

아가의 노래 (3)

열아홉 엄마는
초롱꽃을 들고 웃는다

열아홉 어린 엄마는
초롱꽃에 기대어 웃기만 한다

열아홉 어린 엄마는
초롱꽃이 하도 예쁘기만 하여서

그저 바라보고
웃기만 한다

초롱초롱 빛나던 아가는
초롱꽃에 눈빛만 가득 담아 두고

아장아장
족히도 아니 떼어진 걸음새로

초롱향을 닮아 버렸다

초롱꽃에 숨어 버렸다

아가의 노래 (4)

아가야 아가야
사랑하는 내 아가야

귓전을 밟고 가는
내 아가 이름은

어미의 몸뚱어리
괭이 배긴 몸살기가

온몸을 타고 돌아
온 밤을 짓눌러도

어미의 열두 줄 울음에만 매달려
넋으로 넋으로만 살다 가누나

아가야 아가야
사랑하는 내 아가야

눈물로 기워 둔

내 아가의 옷 한 벌은

세상의 한 벌로 남아
가슴에 가슴에만 넣어 두누나

아가의 노래 (5)

보름달이라 휘영청 둥근 달도
내 아가 웃던 얼굴만은 아니 할 새

멍멍이 어미 품에 고이 잠든 어린것도
내 아가 숨소리를 닮아가진 못할지니

어미 품에 송아지가 실한 삼 년 부자 나기
요란한 살림살이 불어가도

내 아가 한밤에 깨어나서
온 방 가득 채워놓던 웃음소리만 할 터인고

둥둥 사랑 내 아가
보석이 빛나서 아가를 닮으랴

아가야 아가야
어찌도 불러야만 이 가슴이 데워질꼬

아가야 아가야

몹시도 그리운 내 아가야

가슴 터지게 불러도
들리지 아니하는 어미 소리는

대답 없는 내 아가 소리를 닮아서
오늘도 멈추지 않는 눈물이 대신하여 답하누나

4부

만남을 가지다

주고 간 하소연에 (장마)

여전히 이맘때가 되면
넌 참 할 말이 많구나

무게가 감당되지 아니하게
쏟아내는 한 덩어리에

강은 바다 되고
사람들의 살림살이 초토화

그 형편이 이루 말할 수 없이
남루해 버리고

치는 몸부림은 태풍권
남아나는 것이 없구나

너도 울고
사람들도 운다

너 아픔에

사람들은 목숨줄이 오간다

이 해는 또 어떨런고
너 지난 자리 돌아보렴

이제 그만 슬퍼하라
이 땅에 사람들을 보라

네가 행한 몸부림에
뒷감당이 서러운 저들의 모습을 보라

사랑살이

내가 먼저 웃을까 봐
그대가 웃어요
내가 먼저 손 내밀까 봐
그대가 내 손을 잡아요

옷깃에 스친 수줍음을 감추느라
돌아서는 발길이 바빠요
아름다운 그대는
무엇을 닮았나요

넓은 담장 아래 붉게 핀
장미가 한 말
서랍 속에 숨겨둔
그대 마음을 닮았어요

담벼락 모퉁이 늘어져
손잡고 피어난 나팔꽃 하는 말
창가에 걸어둔
그대 미소를 닮았어요

그대는 향기도 웃음도
복 달고 태어나
오늘을 다녀간 이방인을
따라나섭니다

새벽 그림자

이렇다 할 구실이
촘촘히 박힌 외로움에
서너 발자국 다가와
마른기침으로

어쩌다 그런 눈빛은
아득히 먼 저 불빛 따라
노니는 행색에 철이 없어
방관하고

떠도는 이 되짚는 한숨에
길동무 어이없다 외진 어깨는
돌아볼 숨소리도 고를 것이 없이
숨죽인 허탈함

거기 앉아 쉬어보라
더는 가지 마라
내 위안에 누워보라
손을 내민다

우리 집 강아지

눈망울 두 개를 또르르 굴리면
재미있는 소리가 나와요

아이 좋아
아이 좋아

뒤뚱뒤뚱 실룩 실룩
섹시한 그녀의 걸음걸이

사랑이 너울너울 따라다녀요
웃음이 꺄르르 뒷발질에 떨어지고요

살랑살랑 꼬리를 흔들면
내 사랑은 내 사랑은

이내 나비가 되어 날아갑니다
저 멀리 저 멀리

날아간 듯 날아간 듯

다시금 되돌아오면

그녀의 눈동자 위에
살그머니 내려앉아요

그러면 눈망울 두 개는
다시금 다시금 땡글 땡글 굴러다녀요

어떻게요 사랑이
어머나 눈망울 속으로 들어가 버렸나 봐요

김밥의 짧은 생애

둘둘 말려진 몸매는
싸구려 상인의 손 값에

섦은 삶은 구색도 없이
순간의 산수로 끝난다

아침 식사에 국물이 없다
숭늉도 없다

발타는 상차림은
돌아가는 눈길만 부산하고

엉덩이에서 내지르는
매연에 밥상만 목이 메인다

미어터지는 전철 안
밥상은 일그러진 영웅

분신의 초상을 닮아가고

꾸역꾸역 역사의 굉음으로

길이길이 보존되어갈
한 끼의 아침 식사는

새 역사의 준비된 발걸음에
숨지어 간다

만남을 가지다

현실에 구멍 난 빛깔을
밀려둔 발걸음으로 메꾸었다

시간의 미로를 뚫고 달려온
꼼꼼한 자투리 그녀가 웃는다

화려한 의상에 고개를 내저으며
소박한 밥상을 묻는다

아스팔트 짙은 억눌림
참아온 고뇌가 네온사인 포옹을 한다

따뜻한 그리움 속삭이는 귓전에
끼어드는 차가운 그림자

뜨겁게 내리쬐던 태양의 연서
고질병의 짓무른 응석

빗줄기 한 모금에 시달리던

타향살이가 손 타며 돌아오고

웃는다

그것으로

네모와 세모

움직임이 다르다

시원스럽다
또는 까칠하다

깊은 정열을 주고
깊은 애도를 한다

주름 접힌 인사에
예의를 갖춘다

예의주시
때론 섣부른 판단

이질적 문화에
춤추는 시녀

내적인 갈등에
외적 신사

움직임이 다르다

사계

재잘재잘 참새처럼 지저귀는
어여쁜 친구의 이름은 봄이랍니다
젖은 땀방울 닦아가며 무딘 미소에
안개꽃을 닮은 친구는 여름입니다

투박한 질그릇에 뚝심을 자랑하는
구수한 된장 맛을 내는 친구 가을
서릿발 얼어간 가슴을 짊어지고도
뜨거운 열기를 머금은 손을 내밀며
잡으라 말하는 친구 겨울입니다

서로 뒹굴고 뭉치며 터지고 으스러졌다
다시 만나 얼싸안은 그들의 이름은
체면치레 툭툭 털어 알 리 없는
봄 여름 가을 겨울입니다

어린아이처럼 토라지고 삐져서 떨어졌다가
제 주제에 미안함을 정 들여 숙제하고
쑥스러운 사과를 손길로 마주 잡아

늘상의 소용에 반복을 늘어놓지만

그래도 사랑스러움으로 그리움으로
반가움으로 애태움으로 정을 배워가는
속성의 변질을 모르는 그들은
아름다운 봄 여름 가을 겨울입니다

소녀의 사랑 (1)

사랑은 조심조심
눈동자가 흔들려요

사랑은 보들보들
입술이 떨려요

사랑은 촉촉하게
봄비를 닮아서

초록 잎사귀를 흔들며 말해요
나 어떻게 해요

사랑은 열아홉 살
계집아이를 닮았어요

생으로 긴 머리를 닮아서
반지르르 윤기가 흘러내리고요

살짝이 내보이는 하얀 이를

얌전히 숨기며 웃어요

사랑이 말해요
나 왜 그래요

짧은 질문을 던져요
눈물 한 방울 몰아세워요

소녀의 사랑 (2)

사랑은 야단법석
털썩털썩 우당탕

질서 잃은 걸음 길에
촐싹 방정을 떤다

불안한 부름으로
자세가 부정하고

접시 깨는 소리를 닮아
발걸음이 시끄럽다

사랑은 삐뚤삐뚤
정신이 분주하고

조각난 그림에
심술이 가득하고

가위질에 풀칠에

하루가 요란하여

주머니 왕래가
시간 살이 부산스럽다

사랑은 공식이 구제 불능
법칙도 없이 제 갈 길만 바쁘고

투덜투덜 불만이 늘어가
청문회에 도가 튼다

그래도 뭐가 좋은지
사랑은 오늘도 돌아서 웃는다

소녀의 사랑 (3)

사랑은
가던 길 멈추고 말없이

사랑은
마음이 부르고픈 이름에 조용히

사랑은
등나무 아래턱 괴고 가만히

사랑은
창가에 걸터앉아 외로이

미루나무 타고 노는
바람을 부른다

빗속에서

처량한 구름은
집시의 수저를 들고
윤기 잃은 메마른
식사를 한다

린스의 향내는
문명인의 가치관에
떠밀리어

속단키 어려운
결정론에
지폐의 덧없음이
황폐하고

바스러지듯
부서지는 갈등의 고리에
바짓가랑이 한쪽
적셔가며

한적한 길을 걷는다

無

자유를 위해
자유를 위해
달아나던 발목이 쇠사슬에 연행되고
죄인의 안색은 드디어 편안함을 벗 삼으니
너의 자유는 구속을 원했더냐
풀어헤친 산발은
단두대에 목숨 올려
다한 삶이 무에 그리 좋아서
달려도 아니 갈 걸음을 멈추었느냐
토막 난 엿가락
늘어지고 늘어져
끊어질 듯 말듯
게다가라도
목숨을 부지해 볼지언정
너는 어리석은 종이로다
자유에 눈곱을 붙인
종자만도 못하여서
그리 쉬이 세상을 놓으려 하느냐
너의 자유는 구속도 아닌

단명을 원했더냐

압구정동 아침

안녕
반가운 인사가 오고 간다
지난밤 쏟아진 빗물에
초록의 잎사귀 먼지를 털어내고
꽃단장에 서슬이 윤기가 돌건만
부자 동네 비둘기의 행색이
어찌하여
거지꼴을 못 면하고
간밤의 빗줄기 흔적이 무색하게
우스꽝스러운 모습이 안쓰럽다
그의 아침에
허 생원의 밥수저가
게으름을 떨고
뉘 집 마당 쓸어간 자리
뒤떨어진 먼지가 트림을 한다

텅 빈······

달그락달그락
시끄러운 소리
마음의 소리
배고픈 걸인들이 빈 그릇 긁어대며
투정을 부리나 보다

바닥이 드러난 서러움
눈물로 훑어가며

땟국물 흐르는 메마른 두 눈엔
늘 그렇듯이
오지도 가지도 못하는
허접한 사랑

아가의 빛나는 눈물로
닦아주고 싶다

조랑말 석고인형

장작개비 허수아비 원래 없던 생명줄
철딱서니 미소를 짓는다

새 벌어진 개구진 두 이빨을 드러내 놓고

뻥 뚫린 콧구멍에선
기암절벽의 냉기가 뿜어져 나올 것 같은

두 눈알은 헤벌쭉
처진 웃음이라도 좋단다

금방이라도 나에게 달려올 것 같은 마음엔
요지부동이 그의 몫이다
점쟁이 굿질에도 네 삶은 없다

신도 허락 없는 숨통
바보쟁이 미련쟁이
그래도 좋다고 웃는다

축하의 글

박연 시인의 두 번째 시집
발간을 축하하며…

저는 학교에서 학생을 가르치는 교사입니다. 교사는 말로 먹고사는 직업이라고 합니다. 하지만 학생들은 말만 듣는 것이 아니라 삶을 봅니다.

교정을 떠나는 학생들은 교사의 말보다 삶을 기억하며 되뇝니다. 시인도 언어의 마술사라고 표현할 정도로 단어를 요리조리 배치해 한편의 작품을 탄생시킵니다.

그런데 어떤 시는 화려한데 거리가 느껴질 때가 있습니다. 시인의 시도 언어와 함께 시인의 삶이 함께 전해질 때 더 큰 울림이 있습니다.

시는 언어의 향연(饗宴)이라고 하지만 삶이 없는 시는 공허한 메아리 같고, 접근하기 어렵습니다. 박연 시인은 삶을 간직한 시인입니다. 박연 시인의 시는 일상을 살아가며 시상(詩想)을 떠올렸음을 알 수 있습니다. 누구나 한 번쯤 만났을 법한 사물과 자연에 언어의 옷을 입혀 시로 탄생시켰습니다.

박연 시인의 시는 그녀가 세상과 대화하는 소통의 창문입니다. 그래서 나의 이야기, 너의 이야기 우리의 이야기가 됩니다. 재미와 감동이 있습니다. 저는 교사로서 '한 점 별이 되어'라는 시를 읽으며 나도 이렇게 살고, 내가 가르치는 제자들도 이렇게 살아가길 소망했습니다. 제 가슴에 와닿은 것입니다.

귀한 시집을 만나게 되어 기쁘고 감사합니다. 박연 시인의 두 번째 시집 발간을 진심으로 축하하며 축사를 맺습니다.

– 소명학교 교사 정승민

한 점 별이 되어

소유되지 아니한 세상 속에서
한 점 빛나는 별이 되고 싶다

높은 하늘 따뜻한 별이 되어
힘들게 살아가는 세상 누군가의 얼굴에

환하게 비추어 주고 싶다
희망이 되어 주고 싶다

결코 될 수 없다 한들
돼 보고 싶다 바램한다

편안한 얼굴로
행복한 얼굴로

큰 숨 들이쉬어
힘찬 발걸음 딛고 가는 삶이 되게

저 하늘에 빛나는

한 점 별이 되고 싶다

인문의숲 시선

한 점
별이 되어

초판 인쇄 2022년 08월 16일
초판 발행 2022년 08월 22일

지은이 박 연
펴낸이 유순녀
펴낸곳 도서출판 인문의 숲
편집·디자인 편집부
출판등록 제 2013-000002호 (2013. 01. 09)
주소: 08640 서울시 금천구 시흥대로53, 3-303
전화: 02-749-5186
팩스: 02-792-5171
메일: inmuns@daum.net

ⓒ 박 연, 2022

ISBN 979-11-86069-43-1 03810

정가: 10,000원